매화꽃 펴야 오것다

황금알 시인선93

매화꽃 펴야 오것다

초판발행일 | 2014년 10월 31일

지은이 | 방순미
펴낸곳 | 도서출판 황금알
펴낸이 | 金永馥
선정위원 | 마종기 · 유안진 · 이수익 · 문인수 · 김영승
주 간 | 김영탁
편집실장 | 조경숙
표지디자인 | 칼라박스
주 소 | 110–510 서울시 종로구 동숭동 201–14 청기와빌라2차 104호
물류센타(직송 · 반품) | 100–272 서울시 중구 필동2가 124–6 1F
전 화 | 02)2275–9171
팩 스 | 02)2275–9172
이메일 | tibet21@hanmail.net
홈페이지 | http://goldegg21.com
출판등록 | 2003년 03월 26일(제300–2003–230호)

값은 뒤표지에 있습니다.

ISBN 978–89–97318–83–4–03810

매화꽃 펴야 오것다

방순미 시집

황금알

정월에 스승을 찾아뵈었다
'구름 같은 시를 쓸 수는 없을까' 하신다
첫 시집 엮으면서 쉽지 않은 일이라는 걸 알았다

말랑말랑한 시를 쓰기 위해 습작을
게을리하지 않으리.

2014년 봄
오색 백암 능선에 앉아
방순미

차 례

1부

2부

3부

4부

1부

법수치의 밤

손가락 그림자처럼
수묵 산봉우리 어둠을 찢고 섰다.

별 가득한
산속

계곡물에 알몸으로 누워
물 흐르는 소리 본다.

무심히 들리는 산과 별
눈감아도 보이는 물소리

우주와 깨 벗고 한통속이 된
법수치 산골 여름

밤 깊은 줄 모른다.

질그릇

수증기 가득한 목욕탕
사지를 벌리고 누워
오이 한 꺼풀 씌웠다간
소젖으로 마사지한다.
하루 끼니는 넉넉한 것을
하수구로 흘려보낸다.
또, 한 사람이 눕는다.
때밀이 근육 움직일 때마다
들리는 소리

이 몸은 고깃덩어리
이 몸은 교만 덩어리
이 몸은 언젠가 깨어질
항아리

서쪽에 해 뜨네

능청게 개펄 속으로 숨듯
해가 지는 내 고향 당진

길을 나섰다.

섬 봉우리 산을 이룬
하롱베이 아침
인도로 가는 서쪽
갯벌 위에서 해가 돋는다.
(어, 서쪽에 해 뜨네)

동해는 바닷물이 가득하고
서해는 갯물이 뻘을 기르는 곳에서 살다
한 생이 뒤엎어지는 듯 멀뚱하니 서 있었다.

이제야 머리 깨는 소리
크게 웃었다.
개운하다.

동인지 서인지
갈피를 잡을 수 없는
방랑자의 발걸음

옷 주름을 세우며

젊음만으로 실수였던
땅끝 쓸려 너덜난 바지
산다는 것이 뭐냐고 따져 묻기만 하다.
타버린 가슴
허리춤 고목 밑둥치 되고
형체 없이 구겨진 오금팽이

다시 시작하는 길이라면
조절기 끝으로 당겨 놓고
낱낱이 들어 보자.

죽는 날까지 한 길을 따라가고 싶다.
주름 세우기로
칼날 선 밤

가야동 계곡의 달

물푸레나무 풀어 놓은 듯
파르르 한 담潭
노른자 한 알 떠 있다.

흩어질까
두 손 모아 조심조심 퍼 올린 하늘
황홀한 손끝에 닿는
선문禪門의 길

둥지에서 금방 꺼낸 달걀처럼
호르르륵 달을 마시다
혼자 산속으로
스미는 밤

속새

산 중
몸 하나
외줄기로 서 있는 풀

꺾어보니 허공

가지도 이파리도 없이
하늘을 들어 올리고 사는 속새

스스로 비워가는 법 배워
세월이 흘러도 속이 없다.

술은 나를 끌고

그믐치 젖은 낙엽이 내린다.
스산한 길을 걷다 주막집에 들러
홀로 마신 술에 밤이 깊다.

술에 취해 나는 없고
찬송하다 염불하다 욕하다 춤추다
웃다가 울다가

거침없는 세상

밤 지새도록
술은 나를 끌고
바람처럼 쏘다니다 간다.

바람의 말

스산한 십일월

손님이 문 열면
노래하는 종 달아두고
반 평 남짓한 상점에 누웠다.

알림이 소리가 나 벌떡 일어났다.
아무도 없었다.

손님이 왔다 그냥 갔나 싶어
쥐 잡는 고양이처럼
문만 쏘아보는데 종이 운다.

아, 색 없는
바람의 말

산불

산에 불기둥이 일어섰다.
나무는 아우성이다.
바람이 불덩이를 껴안고
이 산
저 산
불바람을 일으킨다.

고추잠자리 닮은 소방헬기 덩달아 물바람 나
아랫도리 헐렁하도록 물을 쏟아 붓지만
난 불바람 잡지 못하고 개불처럼 늘어져 간다.
산바람
터진 봄바람
오봉산 낙산사마저 바람이 났다.

처녀막이 터져 피가 낭자했던 붉은 밤처럼
불은 무성한 청춘 참수하듯 산을 자른다.

노을산

연어알처럼 맑은 서녘 해

구름이 인다.
해 앞에 서면
한 그루 나무였다가
새가 되는 산

계곡에 미끄러지듯 떨어진 후광
노을이 파도친다.

구름과 하늘의 경계가
절벽에 세운 위한나시안 금부처다.

장엄한 구름 봉우리에 서
큰새 같이 두 팔 쫙 펴
우주를 향해 날아간다.

시詩 항아리 속으로

파도꽃

모래 부리에 흰 물꽃 핀다.

하얗게 폈다 지는 소리
귀를 열어 우주 깊은 곳으로
나를 끌고 간다.

뱅골만에 기대어 밀어 올린 꽃대궁
옥녀폭포 아래 백작약처럼
바다가 피운 꽃

춤을 추듯
꽃잎 언저리에 앉아
물타기 하는 철새

물꽃 등에 업혀 내가 젖는다.

독도 생각

하얀 역사의 길
섬, 독도
어망 메고 투항한 청년 어부 안용복
삼백 년이 지난 숨결 더듬어
바람 같은 행적 찾아 나선다.

온밤 새며 시모노세키 항으로 가는 하마유호
깃봉에 보름달이 걸린다.
뒤숭숭한 잠자리 박차고
뱃머리에 섰다.
시퍼렇게 갈라져 부서지는 산파도
칼을 품은 바람이 뼛속을 파고든다.

불타는 불혹
섬을 사수하기 위해
이슬처럼 사라진 용사여
언제 이토록 애끓는
애국의 정이 내게 있었던가

임의 푸른 정신 높이 세워
거센 물길을 가른다.
지금 이 순간
목숨을 다한다면
넌 무엇을 위해 살 것인가

오직 한 길을 가고 싶다.

눈꽃

밤새 눈이 퍼부었다.

목련 나뭇가지에 눈꽃이 피었다.

봄이면 앙상한 가지 가득 매달렸던
목련 나무꽃

오늘은 하늘 꽃이 내려
빈 가지가 휘었다.

화해

목에 걸린 생선 가시처럼
그 사람 떠오르면 숨이 고르지 않다.

잠도 모로 누워 잤다.

어느 날,
맨밥 덩어리 같은 시가
가시를 쓸고 갔다.

허공처럼 뻥 뚫린 가슴

오랜만에 개운한 밥상에
서로 앉아 있다.

이슬에 피는 별

뼈저린 고요
개구리 소리가 잠을 뒤척이게 한다.

마당 밖으로 나왔다.
하늘엔 별이 총총하다.
칠흑 같은 밤
꽃밭에 쪼그리고 앉아
성냥골을 그었다.
찰나,
천 개의 별이 눈을 떴다.

다시 한 개비를 힘껏 그었다.

채송화 잎끝에 맺은 밤이슬
불꽃이 튈 때마다
은하계가 떴다지고 폈다 진다.
성냥통 불이 나도록 그어댔다.
태초의 용암이 끓어오를 때
가득했을 유황 냄새

꽃밭엔 눈이 내리듯
별이 쏟아진다.

방황

어스름녘에 길을 나섰다.
밤새 어딜 쏘다녔는지
헝클어진 머리
할퀸 상처
찢긴 바짓가랑이

한밤을 지샜다.
낮달처럼 멀거니 서 있는 나를 본다.
어젯밤 헤맨 길은
어느 쪽 어느 방향이었던가

너무 먼 길을 돌아왔다.

2부

매화꽃 펴야 오것다

앞마당엔 집보다 큰 화단이 있었다.
밥풀대기나무 목련 매화나무
혹한 겨울밤
매화나무에 달빛이 훤했다.
꽃송이에 눈이 내리고
어린 난 환한 마음에 눈물이 돌았다.
그날은 매화꽃을 덮고 잤다.
잠 덜 깬 아침 어머니는 도란거렸다.
배질 나간 니 애비는 매화꽃 펴야 오것다.

일 년에 한두 번 집에 들렀을까
아버지는 바다가 집이고 산만한 파도가 길이었다.
몰랐다, 그때에는
알보다 사탕 껍데기를 더 좋아했던 어머니
매화나무에 핀 꽃은
어머니가 사탕 껍데기를 펴 만든
껍데기 꽃이었다.

눈 내린 밤이면
껍데기 꽃향기 파고들어 몸살이 난다.

출포리 생각

산속에 있으면서 산을 보지 못했다.
나뭇잎에 떨어지는 빗소리만 들었을 뿐

새 소리는 그쳤다.
벌재 길바닥 빗물을 덮고 잤다.
쿨렁대는 덤프차
요란스러움에 눈을 뜨니 눈부신
햇살

문복대 앉아 동편을 본다.
구릉이 무덤 되어 고요히 누워 있고
난지도 갯벌 냄새 풍기던 아버지
저쪽에 누워계신다.

저 산은
출포리 바닷가 사공의 작은 집
그리운 아버지 품
내가 돌아가야 할 길이다.

눈물 밥상

쌀통을 여니
아프리카 길짐승처럼
숱한 바구미 떼
농사꾼인 어머니가 보낸 묵은 쌀
동짓달까지 떨어지지 않아
밥을 지으려고 한 됫박 퍼 보니
벌레가 반
구멍 뚫린 쌀알이 너무 가벼워
죄다 물 위로 뜨고
파 먹혀 휑한 몸뚱어리로 지은
밥 한 사발
목메어 넘어간다.

두드러기

비 온 뒤 진흙탕
지렁이 지나간 자국처럼
붉은 길 일어선다.

두더지가 온몸 들쑤셔 놓은 것 같다.
뒤져봐야 어혈뿐일 것

그놈 굶겨 죽이려고 곡기를 끊었다.

아흔 살 어머니
나를 끌고 뒷간으로 간다.
불혹이 저문 딸년 옷 홀딱 벗겨놓고
짚불 놓고 연기를 쐬며 왕소금을 뿌렸다.

땡땡이도 괴기 먹더라
땡땡이도 괴기 먹더라

중얼거리며 까칠한 지푸라기로 몸을 쓸어 낸다.
근질대던 몸 시원하다.

얼마 후 두드러기가 사라졌다.

눈두덕 부풀어 오르면 당진
구십 노모 곁으로 가리

난지도

갯바람에 텟줄 내려놓은 아버지

기차보다 긴 대호방조제가
바다를 가두었다.
조금 나루엔
인천항으로 드나들던
항구도 사라졌다.

동물원 원숭이 바라보는 군중인 듯
구경꾼들 몰려들어
만선 따라오는 갈매기 아우성보다
유람선 엔진 소리가 귀를 찢는다.

평생 친구로 지냈을 파도
섬으로 날아드는 새
보이지 않는다.

갈라진 개펄
난지도 뱃머리에서 파는 육젓

새우젓 장사꾼이었던 아버지
소맷부리 젓국 냄새다.

또렷하다, 당신

바람이 시를 읽다

조금나루에 있는 산소로
내 신인상 당선시가 실린 '심상'을 들고
찾아갔다.

풀벌레 소리 산골 가득하다.

아버지 무덤 앞에 세운
작은 돌비를 어머니는 어루만지며
막내 딸이 출세해서 왔어요, 한다.

나는 아버지께 무릎을 꿇고
책장을 펼쳐놓았다.
술 한 잔 붓고
묘 등에 자란 쑥부쟁이를 뽑는데
바람이 시를 읽는 걸까
책갈피가 파드득 댄다.

돌아서려 하자
어깨에 메뚜기 한 마리가 내려앉는다.

가는 길 쪽을 보며
꼼짝을 않다가
숲을 다 빠져 나올 때쯤
산속으로 포르르 날아가 버렸다.

빨간 장화

객지 나가 있던 딸이
오랜만에 집으로 왔다.
곤해 보여
족욕을 시켜주었다.
알림이 소리가 나
발을 뺐다.
아이가 소리쳤다.
"빨간 장화다"
병아리 유치원 다닐 때
철떡 거리는 빗물 속으로
빨간 장화를 신고
기다리고 섰던 그 애
눈시울에 어려
둘은 눈길을 피했다.

노을

명태 코다리 가득 실은 화물차 타고
대관령을 넘어간다.
덜렁거리는 작은 다락방이 운전석 뒤에 있었다.
피곤함에 지쳐 잠시 졸았다.
문득 깨어 하늘을 보니
누에가 잠들어 먹다 남은 뽕잎 쪼가리 같은 서녘 노을

아프다.

민들레 나물

길이 집인 남편은
트럭운전사
며칠 만에 집을 찾아오면서
풀섶 한 보따리 안고 와
민들레라고 한다.

지난해 죽은 풀잎
검불이 반이다.
버리려 하자
그이가 귀엣말을 건넨다.

"벌에게 정말 미안했어
꽃송이에 달라붙어 떨어지지 않는데
위장병에 좋은 거랬지
당신 주려고 캐왔어"

돈 보따리가 이만 했으면 싶던
심드렁한 마음 간 곳 없고
들녘으로 헤집고 다녔을 그이

그 무엇에 비할까

저녁밥상엔 쌉싸름한 요놈 무쳐서
지친 당신께
막걸리 한 사발 바치리오.

복사꽃 무지개

바닷가를 나서다
해변 언덕에서 여우비를 만났다.

찰나, 허공을 가른 옥무지개

동해파도 산맥을 넘어
수평선 위 청량한 불꽃

숨을 고르며 바라보다
눈 깜짝할 사이 사라진 홍예

탁씨네 과수원 복사꽃 짓일까
하늘 그 자리엔 비늘구름 흩어져간다.

킬리만자로

킬리만자로의 눈
만년설이 촛농처럼 흐른다.
짐승도 가지 않는 곳
그곳을 향해 간다.
절반도 오르지 못했는데
고산병으로 하혈을 하고 말았다.
나무 한 그루 없는 사막
몸을 의지할 바위도 없다.
산과 나,

낮과 밤사이는 칠십도 오차를 낸다.
몸뚱이는 점점 제 길을 잃어가고 있다.
키보산장을 지나 인스마이어굴
신의 영역을 침범한 것일까
덮쳐오는 검은 잠을 뿌리칠 수 없다.
죽으러 가는 것인지
다시 일어나 산을 오른다.

수백 미터의 벼랑길 위

취객처럼 걸음이 위태롭다.
혹한 밤 추위를 딛고 정상에 서자
몽롱한 정신 간 곳 없고
새벽에 펼쳐지는 사바나의 대파노라마
억만년 바람이 다듬었을 빙벽
서기 하는 킬리만자로 눈빛과 마주 섰다.

달맞이

잔잔한 밤바다
은빛 곧은 길
걸어가면 가는 대로
길이 나를 따라온다.

하늘에는 둥근달
달이 만들어 놓은 길

달 발자국인가

달빛 내린 물길 위
굴렁쇠를 굴리며 가고 싶다.
별나라까지

하늘길 걷는 양

고원의 폭양

양, 한 마리
산을 오른다.

바닷물 속 같은 하늘
물을 구하러 간 걸까

산봉우리에 걸터앉은 구름

구름빵 한 덩이 입에 물고
초연히 하늘길을 걷는다.

바람을 낚는 사람

어성전 계곡
코스모스 흐드러지게 핀 물가

한 남자가 낚싯대를 손질하다 말고
그걸 하늘을 향해 힘껏 던진다.

뻗은 낚싯줄에 고추잠자리 닿았다 가고
지나가던 구름조각이 걸려든다.

실핏줄 터질 듯
헛헛한 마음

바람잡이 낚시꾼에 걸려
가슴 어지러이 허우적댄다.

해변에서

울릉 도동 바닷가
바위틈 그늘에 앉아
발밑으로 부딪쳐 우는
바닷물 소리 듣는다.

작은 게 한 마리
발가락 사이를 간질이고
느릿느릿 가고 있는 검은 등딱지
따개비들의 여린 소리가 깨끗하다.

벗어 놓은 신발에
찍 깔긴 새똥도 정겹다.

꽥꽥대며 짝짓는 갈매기
끊임없이 출렁이는 바다

한낮,
이 황홀한 고요
온몸이 열려
우주 속으로 스민다.

지천명

불씨 하나 발끝에서 일면
후끈 달아올라 온 몸뚱이가 불덩이다.

병원을 찾아갔다.
아기보가 마르면서 병이 왔다고 한다.

다시는 우주를 건설할 수 없는 몸

병든 소나무
가지 찢어지게 솔방울 피워놓듯
내게도 때가 찾아드는구나

3부

큰 산

한 시인을 따라 산에 갔었다.

끝없이 내려가면 다시 까마득한 산
산에 들어서면 홀연히 산을 바라보며
시를 읊조리는 이

쪽방에는 늘 불빛이 꺼지지 않았다.
문 틈새로 흐르는 그분의 향을 맡으며
별 보듯 바라만 보다 잠이 든다.

종일 비가 내리던 난드룽은 사라지고
새벽 동산에 떠오른 그믐달
사금파리처럼 예리한 눈빛인데
새털구름 하나 걸치지 않은
히말라야는 알몸이다.

시인은 소리쳤다.
히말라야야! 너를 보고 거짓말을 않겠다.

눈앞 안나푸르나의 봉우리는 간데없고
히말라야보다 더 큰 산이
가슴을 찢고 우뚝 섰다.

시인 이성선

한계령 바위 모퉁이에서
'나 여기 있다' 하다가,

점봉산 봉우리 위
터진 구름 사이로
눈웃음 가득한 실눈 빼끗 보이며
'나 여기 왔지' 한다.

가실 때 모습은 분명
골 패인 주름 얼굴이었지만
장난기 꽉 찬 어린아이처럼
설악산을 마음대로 뛰어다닌다.

날개 없이 날고
지느러미 없이 동해를 가른다.
메밀꽃밭 누비듯
별밭을 드나든다.

시인을 꿈꾸던 아이는

하늘의 시인이 되어
우주가 내어 준
영원한 선물

대자유를 누린다.

시알

장사꾼인 나에게 시는
새로운 문이었다.

빛바랜 산복 입은 시인
작두날 같은 음성으로
시의 끈을 놓지 말라, 언젠가는
도토리알처럼 시알이 쏟아질 것이다.

시알이 뭘까, 생각하면
수면 위로 떠오른 도토리만
이리 뒹굴
저리 뒹굴

강의 문 나서자
소를 잃은 사람처럼
시알을 찾겠다고 눈알이 붉다.

산

산에 가고 싶다는 것
산에 간다는 것
그것은 그분에게로 가고 있다는 것
하지만 그분은 거기 없고
솔 향 뿜어대며 너무 커버린 큰 솔 두어 그루
해골처럼 파헤쳐진 밤송이 몇
길바닥까지 굴러 나와 어쩔 줄 몰라 하다가
끝내는 짓밟히고야 마는 도토리
그분은 없고 인적 뜸한 굽잇길
이웃들과 함께 걷는다.
더듬더듬 산속으로 들어가면 갈수록
그러나 내 안에는 또 한 산
능선이 파도치듯 일어서는 그리운 산
그 산만 있다.
산이 있으나 없는

고치

고치 속 누에처럼
대간길에 매달린 비닐 천막

하늘에 걸린 구름집
그 안에 시인이 잠을 자고 있다.

달
별
바람만이 내려다보는 단칸방

산새 소리에 깼을까

허물 벗고 빠져나온 나방
시인 몸이 여명 같다.

고욤나무

킬리만자로 원시림을 지나다
스승이 햇곶감 하나를 주셨다.

그 속엔
반달처럼 생긴
씨 세 알

살 알뜰히 발라먹고
산삼 심듯 땅에 묻었다.

먼 훗날, 다닥다닥 붉게 열리면
마사이족은 표범 눈알인 줄 알고
얼씬도 하지 않겠지

늦가을 서리 내리는 날이면
옹기그릇 들고
그곳에 가고 싶다.

콧구멍 없는 소와 수미산

수미산 가는 길

구름을 뚫고 비행하자
무한 허공

콧구멍 없는 소가
홀로 구름 능선을 오른다.

산봉우리 오를 때마다
피어나는 팔십칠 송이 시꽃
하늘이 붉다

불덩이보다 뜨거운 침묵

콧구멍 없는 소
등에 업힌 나,

구름과 구름 사이 설산
서녘으로 날아간다.

성산과 노파

열 구멍 횅하니 열려도
어쩔까, 이 몸뚱어리

비틀거리며 걷는데
빈손을 펴 누군가 내밀었다.

그분께
온전히 의지한 채
송곳돌 무심한 고개를 오른다.

한참을 따라 걷다가
손잡아 끌어 주던 사람을 보니
이가 다 빠진 티베트 노파가 아닌가.

불 몽둥이 맞은 듯
정신이 아뜩하다.

수미산 천수관음이었나.
물처럼 흐르던 손

* 수미산(6,714m) : 메루산, 강린포체봉, 카일라스라고도 부름. 갠지스 강,
  인더스 강, 황하 강, 메콩 강, 양쯔 강의 발원지. 흰두교와 불교의 으뜸 성지.

63

아픈 기도

기우뚱 찌그러진 화병에
백합 두 송이 담겨있다.

한 송이는 허공을 보고
한 송이는 고개를 숙인 채

허공을 바라보던 꽃은
시인이 되어 별밭을 넘나들고
홀로 남은 꽃은
갈잎처럼 야위었다.

설악 산골 오두막집에 온 지 두 해
벽에 걸린 꽃은 날마다 자라는 걸까
꽃잎에서 광채가 난다.

물을 먹을 수 없는 꽃
그 앞에서 나는 합장을 할 뿐이다.

영원한 생명을 잃지 않는 꽃,

아픈 백합 두 송이

*아픈 기도 : 이기윤 시인의 미망인 동양화가 김영희 선생의 작품명.
 김영희 화가는 여고시절 나의 담임선생님.

황금콩

달마봉 아래 반나절씩이나
산그늘 내리는 곳에서
스승은 시처럼 농사를 짓는다.

가을걷이 끝나는 시월
자루 한 포가 그분에게서 왔다.
동여맨 끈을 풀어 보니
생불 오백 나한이었다.

가부좌한 천만 눈동자가
내 눈동자와 마주쳤다.
어쩔 줄 몰라 큰절을 했다.

스승은 먹으라고 주셨을 터인데
콩자루 들고 안절부절못하며
몇 날 밤을 곁에 두고 잤다.

히말라야 소금

설악 황철봉 너덜지대
사라진 바위봉우리

이 세상에 죽지 않는 것 있을까

땅
물
불
바람

한 생각 고리가
낚싯줄에 꿰이어 끌려오다
번개처럼 튀어 오르는 원석
히말라야 뼛속 붉은 소금

씨가 없다.

옻나무 단풍

산비탈 아래
핏방울 떨어질 듯한 단풍

바라볼수록
낯빛 붉다.

뜨겁게 타오르는 독,

이런 독 하나쯤
품고 살고 싶다.

독이 있어
아름다운

김칫돌

다 파먹은 김칫독처럼
껍데기만 남은 어머니
겨울로 치닫자
김장을 보내왔다.

김장맛 살리려고
해마다 눌려 온 돌
버리지 않고 둔 것이
서낭당 돌무덤처럼 쌓여간다.

고지내 개울에서
어머니가 주웠을 몽돌
설악 오두막에 돌탑 되어 있다가
갓김치 좋아하는 딸에게
문밖 김칫돌 하나 눌러 보낸다.

딸이 머문 곳에서 다시
탑이 되어간다.

김칫돌같이 단단한
밧줄로 이어진 핏줄

어머니, 제발
이 끈을 놓지 말아요.

장터에서 손금보기

오일장 양양 장터 골목
거꾸로 엎어 놓은 드럼통 주막
빙 둘러앉아 탁주를 마신다.

수다 떠는 혀끝
저자거리만 한데
콩 팔러 나왔다는 송천댁
팔자 좀 보자며 팔을 당긴다.

운명선 재물선 생명선
에이, 나만 못하네 하며
내 손을 내팽개친다.

손아귀에 쥔 당신 팔자도 모르면서

파장하는 장사꾼
하나둘 떠나고
비워져 가는 장터 주막
갈 생각 잊었는지
자꾸만 술잔에 손이 간다.

배 스파에서 일출

블라디보스토크 가는 유람선
파도 능선 타고 철썩이며
밤새 바닷길을 가른다.

국경선 넘어
어디쯤 가고 있을까
잠에서 깨어 스파로 갔다.

목욕탕에 파도가 인다.
먹빛 바다
칠흑의 밤

여명의 붉은 띠가 보이고
이글거리며 떠오르는 태양
잉걸불 속에서 갓 꺼낸 쇠구슬처럼 말랑하다.

해와 나
알몸으로 만난
새날

치과를 다녀와서

가짜 이를 두세 개 박고
수백만 원을 냈다.
아깝다.
잇몸 마취로 얼얼한데
손가락을 집어넣어 남은 이를 셌다.
통장에도 없는 수천만 원이 나왔다.
반듯하게 누워 몸속
하나하나 짚어보았다.
이것도 시원찮고
저것도 시원찮고
억, 억억 소리가 난다.
눈코입귀를 더 헤아려봤다.
계산 불가 신호음이 난다.
마지막으로 마음을 올려놓아 봤다.
금값보다 비싼 운석
별 하나를 따다 팔아도 모자라겠다.

상속할 수도 없는 몸
혼자 즐길 유일한 재산이라는 걸
난, 너무 늦게 알았다.

4부

밤알 우주

남이섬 길 없는 숲을 걷다
나뒹구는 참나무 등걸에 앉아
나뭇가지 사이로 난 하늘을 본다.
새처럼 날아든 청설모 한 마리
무엇인가 감추는 듯, 몸짓하고
나뭇잎 하나 폴짝 올려놓고 달아난다.

낙엽이 지천으로 쌓인 숲
그가 머물렀던 자리
새로운 세상 열어 보듯
조심스레 가랑잎 한 장씩 들춰본다.
썩은 낙엽이 있을 뿐
아무것도 없다.
돌아서려다 안압지 신라의 비밀을 캐듯
손끝으로 검은 흙의 역사 헤쳐 본다.
앗, 이것은 밤 한 톨
탱탱한 밤알에 빛살 내리고
쌩긋 그가 웃는다.
바라보는 내 눈이 시리다.

낙엽 속 작은 우주
더는 다가설 수 없는 세계

떡갈나무잎 하나 도로 올려놓고
쓸쓸히 섬을 떠난다.

해산

나는 임신 중

산이 좋아
설악산을 자주 오르다 보니
산아이를 뱄다.

대간길 첫 발짓을 하는 순간
해산 기운이 돈다.
지리산 천왕봉에 오르면서
몸은 뒤틀리기 시작했다.

살이 찢어지고
뼈가 뒤틀리고
문드러지고 주저앉는
끝없는 산고

마침내 진부령,
사십일 천신만고 끝에
쏟아져 나오는 핏덩어리

큰 산줄기

백두대간

토왕성폭포의 봄

얼어붙은 토왕성폭포
숨구멍 그 휑한 사이로
나른한 봄
폭포가 하품한다.

물오른 토왕성 계곡
조밋조밋 거리는 숲
바라보던 거시기바위
터질 듯 꼿꼿하다.

한꺼번에 쏟아질 듯 위태롭고
사방은 바위벼랑
보기 좋은 곳에 앉아 관계를 엿본다.

지나가던 구름
바위봉우리에 걸터앉아
한참을 낄낄거리다 가고
토왕골 암내
흥건한 봄날

산사 종소리

노을이 사라질 무렵 화엄사에
오색딱따구리 나무 찍듯
목어 두드리는 소리

산길이 맑다.

어스름 가사 자락 날리며
달음질치는 스님
날려는 새 시늉을 하고
범종 앞에 선다.

당목 힘껏 밀어 당기자
퍼져 나가는 소리 날개
허공을 흔든다.

고요히 떠돌던 구름 무리
춤을 추며 태극처럼 돌아간다.

저 별 안

절간이라도 세워둔 걸까

나뭇가지 사이로 흐르는
범종 소리가 천지를 깨운다.

무심히 바라보던 가슴에
회오리바람이 인다.

위이샨 노을

산 높은 곳에 올라
산 사타구니 사이로 낀 구름을 보네
속살 보일 듯한 해
솜이불 끌어 덮듯 파고드니
천지가 붉다.

그리움 터진 하늘

마음 항아리에 갇혀
날마다 뒤척이던 그 사랑이네.

삶
죽음
춤추듯 한바탕 어울려진 석양

빈산 홀로 서
허공에 핀 한 송이 꽃을 보네.

장무의 구름폭포

히말라야 산벽에 붙어
기우뚱거리는 장무
파곡하 물줄기 거칠다.

깎아지른 산
걸음걸음마다
하늘에 걸어 놓은 하다처럼
산봉우리가 온통 구름 속
구름폭포다.

밤새 쏟아 퍼붓는 비
장무의 밤
빗방울 부딪쳐 우는 소리

가슴 뼛속
아픈 밤이다.

* 장무 : 티베트 계곡 강을 넘어 네팔로 들어가는 국경 산간 무역도시.

법수치 산천어

계곡 한 모퉁이를 골라
가만히 앉은 낚시꾼,

무얼 할까 싶어
가던 길 멈추고 보았다.

낚시에 꿰인 잠자리 미끼
살아있는 듯 나풀댄다.

무언가 번개같이 뛰어올라
덥석 잠자리를 잡아채어 갔다.

순간, 용왕이 뛰어 오른 듯
비단 먹빛 광채의 물고기

낚시꾼에 걸려든 산천어
죽을 힘 다해 허공을 친다.

숲이 놀라
온 산 붉다.

박달령 설피밭 도토리

폭설 내린 설악 아침
마법에 걸렸다.

산벗과 박달령으로 갔다.
흔적 없는 숲

허리춤까지 빠져드는 눈을 헤치며
설피밭에 들어서니
쟁기로 석 달 열흘 갈아엎어도
안 될 눈파도가 친다.

이 산 중에 누구란 말인가
멧돼지 발자국이 어지럽게 널려있다.

파 뒹굴어진 눈 속
푸른 서리 뒤집어쓰고
떨고 있는 도토리

언 땅, 꼬챙이로 뚫어

알몸을 숨겨 두고
마을로 내려섰다.

어둠은 산속으로 먼저 와
산은 캄캄하다.

토림

1.
흙
바람

이것밖에 없다.

광활한 흙숲
아득한 흙골짜기

다가올 우주시간,

물 빠진 갯벌처럼
하늘 더 높아지겠지.

2.
메말라 돌도 흙이 된
수억 년 비바람 깎아 세워 온 산
구워 만든 항아리 같다.
밤새 누가 다녀가셨는가

닦아놓아 미끄러질 듯한
끝이 보이지 않는
항아리 산

* 토림(3,800m) : 황토산. 티베트서부 구계왕국이 있었던 곳.

톤레삽 호수

붉은 강 톤레삽
한쪽 팔 잃은 소년
대광주리에 앉아 고기를 낚는다.
배 지나며 이는 파고에 휩쓸려 아찔한데
목욕하는 물새처럼 가볍다.
호수 가운데 띄워 놓은 뱃전에 서서
끝이 보이지 않는 강을 본다.
고요하다.

"새우 사세요"하는 소리에 돌아보았다.
아기 어부가 하얀 이를 드러내며 웃고 있다.
물빛 보니 고래 괴기라도 고개를 젓고 싶은데
새우등살은 외팔이 소년 눈빛만큼 맑다.
은새우 한 접시 받아 놓고 술을 마신다.
반쪽을 잃어버리고 산 마음
취기도 오기 전에 강물 속으로
고꾸라지는 듯하다.
정신을 가다듬고 하늘을 본다.
강물 위

집집마다 세워 놓은 텔레비전 안테나
고추잠자리처럼 떼 지어 하늘을 난다.

둔전리의 봄

진전사 샛길
대청봉 쌓인 눈이
촛농처럼 녹아내리는
하늘 아래 첫
담潭

얼어붙었던 둔전저수지
물 숨구멍 터져 갈라지는 소리
새벽 여명 천지에 닿듯
얼음 뼛속,
환한 물길

백암 능선 소나무

오색령 길
가파른 백암 능선
산등 타고 오르다 만난
붉은 소나무
두 팔로 어림도 없지만
쫙 펴 오감을 느껴본다.
적막하다.
나이를 물었다.
나무는 나이를 모르는가
바람이 가지를 흔든다.
뼛골 앙상한 삭정이
켜켜이 지닌 채
몇백 년을 홀로 가는 이여

나무에 기대어서니
산 아래로
손바닥만한 내 삶의 터
흥청거리며 거닐던 골목
훤히 다 보인다.

벽산에서 만난 노루

밭두렁 논두렁
산과 계곡 경계가 없다.

굶주림에 허덕이다
산간마을로 내려온 노루 떼
태초의 신비에 가슴이 떨린다.

장마 물길 역류하는 물고기처럼
눈 폭포 오르다 떨어지고
오르다 뒤집어지며 컹컹댄다.
누가 침입자란 말인가

배낭 속 먹거리
몽땅 꺼내놓고
망설임 없이 돌아섰다.

천석골 복수초

산이 깊어
해가 반나절이나 짧은
천석골

겨우내 쌓인 눈이 녹아
바위 하나가
폭포 하나를 낳는다.

산속 깊이 파고든 남쪽 바람
엷어진 눈 그 틈
뚫고 나온 복수초

내 발걸음 따라
톡, 톡
꽃망울 터지는 소리 환하다.

대청봉 가을바람

하룻밤
산품에 묵고 싶어
무너미 고개를 넘어간다.

어스름 잦아들면서
산봉우리 아래
배낭을 베고 누웠다.

적막산중

거친 파도소리
밀려가고 밀려오고
아득한 밤을 보냈다.

날이 밝아 산봉우리 바라보니
새떼처럼 하늘을 덮고 날아가는
낙엽

밤새 부서지던 파도소리
보이지 않는다.

해설

'순정한 외골수'의 노래,
설악의 물소리 같은

호 병 탁 (시인 · 문학평론가)

1.

소위 신비평가들은 문학은 예술로서 본질적인 가치가 있는 것임으로 비평가는 작품 자체에 주의를 집중해야 한다고 주장하며 그때까지 지배적이었던 역사주의 비평 방법의 여러 가지 잘못된 해석의 결과를 바로잡고자 했고 실제로 그렇게 했다는 것은 의심할 여지가 없다. 신비평은 확실히 문학예술에 대한 우리의 감식력과 감상의 폭을 넓혔다. 그러나 그들은 아무리 도움이 되고 필요한 것이라도 작품 그 자체에 존재하는 것이 아니면 모두를 무시해버리는 좀 더 중차대한 과오를 범했다. 이런 문제를 해결하기 위해 많은 명민한 비평가들이 절충주의를 채택하였다. 이들 비평가는 문학작품을 문학 자체로 취급하는 한편 전통적 비평영역에서도 미학적 해명을 얻어낼 수 있다는 신념을 배제하지 않았다. 모든 문학작품은 역사·전기적 배경에 대한 지식이 없어도 이해되고 감상될 수 있을 것이다. 그러나 어느 예술가도 '혼자'서는 완전한 의미를 만들 수 없는 것이며 모든 예술작품에는 '외적 환경'이 수반되고, 우리가 그것을 제대로 이해할 때 작품은 부가적 의미를 창출할 것이라는 말에 대부분의 독자는 동의할 것이다.

　나도 주로 나무보다는 열매의 맛과 향기에 주목하는 편이다. 그러나 열매라는 결과는 나무에서 비롯된 것임을 잊지 않고자 한다. 이처럼 열린 시각에 의해 문학작품이 제시되었을 때 작품에 대한 감성적·이성적 반응은 더 성공적이고 풍요로울 것이라는 믿음을 견지하고 있다. 전체적 의미를 파악하는 데 있어서 필요로 할 때는 전통적인 역사·전기적 분석을 채택하는 것은 온당한 일이다. 특히 방순미의 경우는 작품 하나하나가 '외적 환경'이란 전기적 배경과 강한 결속을 보여주고 있다. 시인의 성장과정, 시인이 되도록 이끌어준 스승과의 운명적인 만남과 시 공부, 시인이 즐겨 다루는 산과 산행에 얽힌 사연들은 각 시편에 그대로 녹아들어가 있다. 시인은 요즘 유행하는 소위 포즈를 취하는 시를 쓰는 법이 없다. 오히려 화려함과 세련미와는 거리를 두고 솔직한 어법으로 자신의 뜻을 표출한다. 자신의 삶과 직결된 시편들은 약간은 다듬어지지 않은 것 같은 느낌을 주지만 이는 역으로 진솔함과 순박함을 배가시키는 기능으로 작동하여 '무기교의 기교'로 독자의 마음에 다가선다. 이런 시인의 작품에 대해 비교秘敎적 방법에 의한 지나친 해석은 경계해야 할 '비평적 오류'가 되기 쉽다. 논증 불가한 당치 않은 해석을 끌어내다 보면 기본적이고 주요한 의미조차 놓치기 쉽다. 은유적 언어에 대한 과감한 독해가 설득력을 가지려면 그에 합당한 방어적 논리근거를 가져야 하는 것이다. 따라서 방순미 시의 의미를 제대로 파악하기 위해서는 시인의 전기적인 외적 환경, 즉 열매를 맺게 한 나무와 뿌리를 파악하는 것은 타당한 일이 된다.

2.

속초에 사는 어느 시인의 시집 서평을 쓰며 글머리에서 한 말이 있다.

설악을 머리에 베고 두 발은 동해에 담고 사는 착한 시인들이 있었다. 속초에 갔을 때 이 착한 시인들은 양양과 고성까지 데리고 다니며 이것저것 챙겨가며 먹여주고 보여주었다. 12명이나 되는 다 큰 어른들이 떠나는 버스를 손 흔들며 지켜보았다. 나는 지금도 그 아이들 같은 어른들의 선한 눈망울을 잊을 수 없다. 생각만 해도 가슴이 따뜻해지고 고맙다.
　　　　　　　 - 채재순, 『바람의 독서』(『문학청춘』 2013 가을호)

바로 그 열두 명의 시인들 중에 방순미 시인이 있었다. 그리고 시인의 스승, 최명길 시인도 있었다. 이것이 필자와 시인의 첫 만남이었다. 그리고 몇 달 후 서울의 한 문학행사에서 다시 만나게 되었는데 이때도 시인은 스승을 모시고 있었다. 이제 생각해보니 속초를 방문했던 이틀 동안 시인은 내내 그림자처럼 선생을 모시고 차를 몰았다. '운명적인 만남'이란 말을 앞에서 썼지만 두 사람의 인연은 정녕 보기 드문 만남으로 인연의 훈향이 그윽하다.

> 달마봉 아래 반나절씩이나
> 산그늘 내리는 곳에서
> 스승은 시처럼 농사를 짓는다.
>
> 가을걷이 끝나는 시월
> 자루 한 포가 그분에게서 왔다.
> 동여맨 끈을 풀어 보니
> 생불 오백 나한이었다.
>
> 가부좌한 천만 눈동자가
> 내 눈동자와 마주쳤다.
> 어쩔 줄 몰라 큰절을 했다.
>
> 스승은 먹으라고 주셨을 터인데

콩자루 들고 안절부절못하며
몇 날 밤을 곁에 두고 잤다.

－「황금콩」 전문

위의 시에서 스승은 물론 최명길 시인을 지칭한다. 그
는 이미 타계한 이성선 시인과 더불어 '설악을 지키는 시
인'으로 알려진 분이다. 그는 평생을 설악의 발치에서 아
이들을 가르치며 시를 쓰며 "지상의 꽃처럼", "천상의 별
처럼"(「꽃과 별」) 살다가 지난 5월 별세했다. 방순미 시인
이 첫 시집 발간을 한참 준비 중일 때다. "스승은 나의
첫 시집을 보고 싶어 하셨는데 뒤늦게 허둥대는 내 모습
보시면 뭐라 하실까. 바보처럼 눈물만 흐른다."고 시인
은 크나큰 슬픔을 토로한다.

하루 반나절이나 산그늘이 내리는 곳이라면 산골도 퍽
이나 깊은 산골이다. 그곳에서 선생은 시를 쓰고 콩밭
농사를 한 모양이다. 가을걷이 끝나는 시월 어느 날 시
인은 한 포대의 콩을 선생으로부터 받는다. 자루 끈을
푸니 몸소 가꾸고 땀 흘려 수확한 콩알 하나하나가 천만
의 눈동자로 생불 나한처럼 시인을 바라보고 있다. 제자
에 대한 선생의 각별한 사랑에 감읍하며 시인은 콩 자루
에 큰절을 한다. 그리고 먹으라고 준 콩을 먹지도 못하
고 몇 밤을 곁에 두고 잔다.

이 시에서 시인 행위의 동작을 나타내는 어휘는 큰 절
을 '했다'와 곁에 두고 '잤다'의 단 두 개의 동사뿐이다.

시의 뼈대가 되는 이 중요한 동작을 가리키는 동사 앞에 우리는 선생에 대한 '고마움'이 표출되는 감정적 수식어를 예상한다. 그러나 그런 감정을 드러내는 언어는 없다, 시인은 그저 '어쩔 줄' 모를 뿐이다. 세련된 언어를 고르기 이전에 '안절부절못할' 뿐이다. '어쩔 줄 모르는 모양'이 바로 '안절부절' 못하는 것이다. 그렇다면 위 시에서 유일한 시인의 감사 표시는 '어쩔 줄 모르고' 콩 자루에 절하고, '어쩔 줄 모르고' 그것을 곁에 두고 몇 밤을 자는 것뿐이다.

여기서 앞서 말한 시인의 진솔함과 순박한 어법이 그대로 드러난다. 어떤 '포즈'도 배제된 솔직한 언어는 이런 경우 백 개의 수사보다 강한 느낌으로 독자에게 육박해온다. 콩 자루에 절하고 그걸 곁에 두고 잔다는 것 이상의 고마움의 표시를 다른 언어가 어찌 대체할 수 있을 것인가. 애당초 수사학의 목적은 '설득'이다. 결국, 청중을 설득하려는 방편으로 웅변술에서 채택된 수사학은 이제 독자가 어떤 방식으로든 문학작품에 반응하도록 하는 데 사용되는 글쓰기 전략이다. 그러나 아무런 수사도 없이 제대로 독자의 반응을 이끌어 낸다면 그것은 독자와의 협상에 성공한 셈이다. 쉬운 일이 아니다. 방순미는 바로 이런 쉽지 않은 일을 예의 진솔한 어법으로 어렵지 않게 해치웠다. 별이 쏟아지는 법수치의 오두막에서 '호야등피'를 닦으며 시를 깎던 선생의 가르침에 기인한 것은 아니었을까.

3.

시인은 시집원고를 보내고 두 차례 메일을 보내왔다. 한 번은 자신을 간단한 소개하는 글이고 또 한 번은 선생의 친필 일기를 사진 찍어 보낸 것이었다. 앞에서 인용한 '첫 시집을 보여드리지 못하고 선생을 떠나보내고만 자신을 자책하는 글'은 바로 첫 번째 메일에서 인용한 것이다.

시인은 1962년 충남 당진군의 작은 갯마을에서 태어났다. 당시 대개가 그랬듯 어려운 살림살이였다. 젓갈 장사한다고 아버지는 배 한 척을 마련하였지만, 인천에서 당진으로 오던 중 배가 가라앉는 바람에 살림은 더 어렵게 되었다. 아버지는 돈 벌러 객지로 떠나고 어머니 혼자 3남 2녀를 키우며 신산한 삶에 부대꼈다. 이렇게 성장한 시인은 설악산에 사는 남자와 중매로 결혼하게 되는데 이는 설악산과도 결혼한 셈이 되었다. 산을 자주 오르게 되었다.

20여 년 전쯤 시인은 물소리시낭송회에 갔다가 최명길 시인과 이성선 시인을 처음 만나게 된다. 두 분과의 만남은 시를 만나는 사건이 되었고 시인은 본격적인 시 공부를 시작하게 된다. 이성선 시인이 타계하자 최명길 시인 혼자 그를 이끌어 주었다. 선생의 지속적인 가르침과 오랜 습작기를 거쳐 2010년 『심상』 신인상으로 등단하게 된다. 성장 과정에서 아버지와의 추억이 별로 없었던 시인은 아버지에 대한 '아픔과 그리움'의 상처가 있었다. 선생은 이 상흔을 시로써 극복할 힘을 주었다. 두 사람은 길동무가 되었다. 2002년 40일간 백두대간을 함께 종주하고 이듬해에는 킬리만자로를, 2005년에는 안나푸르나를 함께 등반했다. 2012년 티베트 수미산 등반 때는 선생 대신 그의 시집『콧구멍 없는 소』가 배낭에 담겨 한 달간의 순례를 함께했다. 긴 여정을 끝내고 시인은 그 시집을 수미산에 묻고 왔다. 선생의 시집은 한 줌의 흙이 되겠지만, 꼭대기에 제석천이, 중턱에는 사천왕이 산다는 수미산 일부로 영겁의 시간 속에 존속할 것이다. 그리고 이 제의와도 같은 상징적 행위는 선생의 '시 정신'을 기리는 것으로 이 정신은 시인에게도 평생 이어져 갈 것으로 시인은 믿고 있다. 시인의 첫 시집을 보고 싶어 했던 그 스승은 갑자기 타계하고 말았다. 눈물로 시인은 이 시집을 스승께 바치고 있는 것이다.

　우리는 이제 그녀의 성장 과정, 충청도 사람이 강원도에 살게 된 이유, 선생과의 만남과 시인이 되기까지의 과정을 파악하게 된다. 그리고 이런 전기적 크로노토프의 개별적 측면들이 시인의 작품과 강한 내적 연관을 가지고 있음도 알게 된다. 작품의 외적 배경이 되는 이런 시간적 지표와 공간적 지표의 융합과 축의 교차가 방순미의 예술적 크로노토프를 특정 짓는다.

　만남의 모티브는 문학작품을 구성하는 가장 중요한 요소 중 하나다. 만남은 그 정서적 평가에 따라 기쁜 것일 수도, 슬픈 것일 수도, 또 양면적인 경우가 될 수도 있다. 그러나 선생과의 만남은 그 모든 것을 뛰어넘는 '운명적'인 만남의 크로노토프로 작동한다. 시집 3부의 많은 시편이 이를 예증한다.

> 고치 속 누에처럼
> 대간길에 매달린 비닐 천막
>
> 하늘에 걸린 구름집
> 그 안에 시인이 잠을 자고 있다.
>
> 달
> 별
> 바람만이 내려다보는 단칸방
>
> 산새 소리에 깼을까
>
> 허물 벗고 고치 집 빠져나온 나방
> 시인 몸이 여명 같다.
> — 「고치」전문

백두대간 종주는 한 달 이상을 산행해야 하는 힘든 고행길이다. 시인은 선생을 모시고 40일을 반도의 등뼈를 더듬었다. 그러던 어느 이른 아침 대간길의 '비닐 천막' 속에서 선생이 잠을 깨고 나왔다. 꼭 '고치' 속에서 잠을 자고 나온 것 같다. 고치처럼 작은 그곳은 달과 별과 바람만이 내려다본 '단칸방' 같은 곳이었다. 작은 침소를 강조하기 위해 동원된 '매달린'과 '걸린'이란 수식어가 빛을 발한다. 선생은 산새 소리에 하늘에 걸린 구름집에서 깬 것인가. 천막에서 나오는 그의 모습이 어둠을 젖히고 밝아 오는 여명과도 같다.

여기서 주목할 점이 있다. 선생을 오래 따르고 모셨지만, 그의 위대함이나 고귀함을 나타내는 어떤 시어도 시인은 동원하지 않는다. 앞에서 본 것처럼 시인을 그처럼 감격게 한 것은 '콩 한 자루'였다. 한 포대의 콩은 결코 대단한 것이 아니다. 농사 진 사람이 얼마든지 건넬 수 있는 작은 선물이다. 아니 농사 진 사람만이 건넬 수 있는 따뜻한 정이었다. 그래서 그 소박한 선물은 잔잔한 감동의 물결을 만들게 된다. 인용된 시에서도 선생은 누에고치 같은 잠자리에서 일어나 밖에 나온 것뿐이다. 소소한 일상의 한 부분에 불과하다. '여명'이란 말이 있지만, 이는 선생을 존숭하고 미화하기 위해 견인된 특별한 언어는 아니다. 때가 '밝아오는 무렵'이었고 이것이 자연스럽게 선생의 기상 시간과 맞아떨어진 것뿐이다. 그러나 바로 보통사람의 이런 모습에서 우리는 오히려 선생의 큰 인격을 느낀다.

가끔 스승에 대해 쓴 시를 볼 때가 있다. 대개는 상투적 수준의 상찬이다. 나는 이런 시의 존재의미를 이해하지 못한다. 내면의 언어로 밀도 있게 포착된 언어가 아니라 단지 피상적이고 일반적이며 안이한 언어의 나열은 어떤 공감도 이루어 낼 수 없기 때문이다. 시인에게 선생의 모습은 "빛바랜 산복"을 입고 "작두날 같은 음성"으로 자신을 격려해주던 사람이었다. 그리고 "시의 끈을 놓지 말라"고 당부해주던 보통사람이었다.(「시알」) 실제로 우리의 마음을 움직이게 하는 인격은 소박한 삶의 진정한 양상을 상기시켜주는 사람의 모습이다.

4.

앞서 시인의 두 번째 메일은 선생의 친필 일기를 사진 찍어 보낸 것이라 말한 바 있다. 선생의 49재를 지내고 따님 최수연 씨가 아버지 생전에 쓴 일기를 시인에게 보냈다. 따님도 두 사람의 각별한 관계를 알고 이를 배려했을 터이다. 시인은 혹 해설 쓰는 데 참고가 될지 모른다며 2010년 9월 28일 자 일기를 나에게 보내준 것이다. 그대로 인용한다.

　　저녁 무렵 방순미에게서 전화가 왔다. 『心象』 신인상 당선했단다. 참으로 축하할 일이었다. 스스로 힘으로 당선한 것이었다. 내게서 공부해온 지 14년, 오직 방순미만이 다른 곳으로 가지 않고, 시 공부를 계속했었고, 이번에 결국 문단에 데뷔한 것이다. 그녀의 성정이 고맙다. 그리고 이

제부터 그녀의 문학이 꽃피워질 것이다. 조금 게으른 면이 있으나 문학을 계속해 나갈 것이다. '당선소감'을 보내 달라 한다기에 보내기 전에 메일로 한 번 보자고 했다. 저녁에 메일이 왔다. '시의 고삐를 놓지 않겠다.'라는 짧은 소감을 썼다. 9月號에 『心象』지로 발표된다 했다.

일기는 사적인 것으로 본인이 공개하기 전에는 그 내용을 누구도 알 수 없다. 따라서 쓰는 사람은 전혀 남을 의식하지 않고 자기의 속내를 드러낸다. 나는 이 글을 읽고 그 순수하고 진한 사제의 정에 가슴이 뭉클해짐을 어쩔 수 없었다. 이글을 통해 나는 시인이 좀 게으르지만 —선생의 이런 걱정이야말로 제자에 대한 진정한 사랑의 발로다—14년을 변함없이 한 선생을 모시고 공부한 외골수라는 것을 알게 된다. "당선했단다"라는 말은 선생도 제자가 응모한 것을 모르고 있음을 의미한다. "스스로 힘으로 당선한 것"이란 말은 이를 확증한다. 선생은 진정 축하하고 즐거워하고 있다. 당선소감을 어찌 썼는지 궁금해하는 것도 바로 이런 마음의 일단이 아니겠는가.

자본주의사회에서는 상품이 그 진정한 가치인 '쓰임새', 즉 '사용가치'를 위해 생산되는 게 아니라 그것을 많이 팔 목적으로, 즉 유통속도에 의해 가늠되는 '교환가치'를 겨냥하여 생산된다. 사용가치는 부차적인 것으로 밀려나 오히려 상품의 수익성에 딸린 수단으로 간주한다. 이처럼 진정한 가치가 비진정한 가치로 가늠되면 인간과 사물, 사물을 통한 인간과 인간의 관계 역시 비진정한 가치로 타락한다. 이런 가운데에서도 사용가치만을 위해 생산하는 소수의 사람이 있다. 바로 예술창작에 종사하는 사람, 특히 시인 같은 사람들이 그 대표적인 예가 될 것이다. 그런데 그들이 만든 창조물 역시 밖에 나가면 타락된 가치관 때문에 사용가치로만 판단되지 않는다. 많은 예술가들도 자신의 창조물이 교환가치를 얻어 유통되기를 바라며 타락한다. 교환가치의 구체적 표현인 돈과 사회적 명성을 위해 벌어지는 행태는 우리 주위에도 수두룩하다. 가르치고 배우는 일 또한 마찬가지다. 전국에 얼마나 많은 글 선생이 있고 제자들이 있는가. 등단, 출간, 작품발표, 문학상 등을 통해 얼마나 많은 스승과 제자가 돈과 명성을 거래하고 있는가. 그만하자. 눈살 찌푸리게 하는 이런 예를 들자면 지면이 아깝다. 번거로운 췌언이 될 뿐이다.

인용된 일기 내용과 방순미의 마음가짐은 찬물을 뒤집어쓰게 하는 신선함이 있다. 선생은 가르침과 격려를 주었을 뿐 거기까지다. 모든 것을 '스스로 힘'으로 이루도록 했다. 시인도 여러 소리 없다. 시의 고삐를 놓지 않겠다는 짧은 말로 소감을 말한 것뿐이다. 그러나 우리는 진정한 인간관계가 무엇인지 이들의 관계를 통해 성찰한다. '설악의 은자'와 '외골수'인 시인의 순정한 관계는 오래 회자할 것이다. 시집에 붙이는 해설을 떠나서 나는 두 사람을 알고 그들의 이야기를 쓰게 되어 기쁘다.

5.

시집의 2부에는 시인이 태어나고 성장한 작은 갯마을
과 그곳에서 어려운 살림에 부대끼던 아버지와 어머니
에게 바치는 헌사 같은 시들이 여러 편 등장한다.

앞마당엔 집보다 큰 화단 있었다.
밥풀대기나무 목련 매화나무
혹한 겨울밤
매화나무에 달빛 훤했다.
꽃송이에 눈 내리고
어린 난 환한 마음에 눈물이 돌았다.
그날은 매화꽃 덮고 잤다.
잠 덜 깬 아침 어머니는 도란거렸다.
배질 나간 니 애비 매화꽃 펴야 오것다

일 년 한두 번 집에 들렀을까
아버지는 바다가 집이고 산만한 파도가 길이었다.
몰랐다, 그때는
알보다 사탕껍데기를 더 좋아했던 어머니
매화나무에 핀 꽃은
어머니가 사탕 껍데기를 펴 만든

껍데기 꽃이었다.

눈 내린 밤이면
껍데기 꽃향기 파고들어 몸살 난다.
―「매화꽃 펴야 오것다」 전문

시집의 표제작이다. 고향집 마당에 눈이 내리고 화단
의 매화나무는 달빛에 눈꽃이 피어 반짝인다. 아름다운
서경으로 시인은 우리를 자신의 고향집 화단으로 이끈
다. 눈과 달과 매화가 어우러진 구체적 심상은 서정으로
가득하다. 그러나 이 서정적 풍경에는 삶의 아픔이 있
다. 혹한의 겨울밤에 매화꽃이 아직 필 리가 없다. 시인
이 말하는 꽃은 매화나무에 내린 눈과 그 위에 쏟아지는
달빛이 연출한 꽃이다. 어머니는 '배질 나간 니 애비 매
화꽃 펴야 오것다'고 어린 화자에게 도란거린다. 이 집의
가장인 아버지는 아직도 바다 위를 떠돌고 그를 그리워
하는 어머니는 진짜 매화꽃이 피어 그가 돌아올 날을 기
다리고 있는 것이다.

둘째 연에서 매화나무에 핀 꽃의 새로운 의미가 드러
난다. 아버지의 집은 '바다'였고 '산만한 파도'가 그가 가
야 할 '길'이었다. 이는 아버지의 부재를 의미한다. 오랫
동안 아버지가 집을 비우는 동안 어머니는 투명한 사탕
껍데기를 무명실로 엮어 꽃을 만들었다. 반짝이는 작은
꽃송이가 만들어졌을 것이다. "매화나무에 핀 꽃"은 바

로 "어머니가 사탕 껍데기를 펴 만든" 작은 꽃송이들인 것이다. 시인은 내적 감정의 직접적 표출을 극도로 억제한다. 그저 사물의 형상과 그것의 상황을 담담하게 서경할 뿐이다. 그러나 그 풍경 안에는 한 여인의 신산한 아픔과 한숨이 꼬깃꼬깃 접혀있다. 나무에 매달려 반짝이는 꽃들은 바로 어머니의 오랜 그리움과 기다림의 눈물 방울이 아니겠는가.

이렇다면 마지막 연에서는 무언가 응어리진 감정이 토로될 것 같다. 그러나 시인은 현재로 시간을 옮겨 "눈 내린 밤이면" 어머니의 꽃향기에 '몸살'을 한다는 정도로 감정의 격발을 삼간다. 짧고 담담한 마감이다. 몸살은 며칠 쉬기만 해도 저절로 낫는 흔한 병이다. 그러나 이것이 관용구로 쓰일 때는 문제가 달라진다. 안달이 나서 못 견딜 때도 우리는 '몸살 난다'고 한다. 시인은 바로 이런 중의의 몸살을 글에 사용함으로 어머니를 향한 연민과 그리움을 간절하게 표출시키고 있는 것이다.

어머니에게는 불혹이 넘은 자식도 어린아이와 다름없다. 쓰디쓴 익모초도 자식에게 좋은 것이기 때문에 코를 잡고서라도 강제로 먹이는 게 어머니다. 이와 비슷한 상황이 방순미에게도 벌어진다.

아흔 살 어머니
나를 끌고 뒷간으로 간다.

불혹이 저문 딸년 옷 홀딱 벗겨놓고
짚불 놓고 연기를 쐬며 왕소금을 뿌렸다.

땡땡이도 괴기 먹더라
땡땡이도 괴기 먹더라

중얼거리며 까칠한 지푸라기로 몸을 쓸어 낸다.
근질대던 몸 시원하다.
얼마 후 두드러기가 사라졌다.

– 「두드러기」 부분

　화자는 "비 온 뒤 진흙탕/ 지렁이 지나간 자국처럼" 두
드러기가 생긴 일이 있다. 여러 처방이 있겠지만 어머니
는 자신이 잘 아는 전통의 민속처방을 시행하기로 맘먹
는다. 다 큰딸의 옷을 홀딱 벗기고 "짚불 놓고 연기를 쐬
며 왕소금을" 뿌린다. 그리고 "땡땡이도 괴기 먹더라"라
는 주문을 반복하며 "지푸라기로 몸을 쓸어 낸다."
　어머니의 치병의례는 우리의 감각경험에 강력하게
다가오는 감염주술과 모방주술이 혼합된 일종의 종교
현상이다. 종교현상은 상징으로 구체화한다. 무수한 상
징이 있겠지만 그것은 언어와 몸짓으로 나타난다. 어머
니의 주문은 '언어'요, 연기를 쐬게 하고 소금 뿌리고 몸
을 쓸어내는 것은 종교현상의 외면적 표현인 '몸짓'이
다.

114

위 시는 우리에게 가벼운 충격을 준다. 우선 딸을 홀 딱 벗기고 짚불을 놓아 연기를 피우는 뒷간의 정황이, 그리고 소금 뿌리고 주문을 외며 지푸라기로 몸을 쓸어 내는 구체적 봉헌 행위가 우리를 놀라게 한다. 시인은 먼지를 뒤집어쓰고 잊혀가는 우리 고유의 치병의례를 생생하게 드러내어 보여주는 미덕을 발휘하고 있을 뿐 아니라 더 깊은 차원의 사유로 우리를 이끈다. 어머니의 구체적 봉헌행위는 "두더지가 온몸 들쑤"시는 것 같은 고통을 깨끗하게 치유하는 놀라운 결과를 촉발한다. 오 죽해야 "그놈 굶겨 죽이려고 곡기를 끊었"겠는가. "근질 대던 몸"은 시원해지더니 "얼마 후 두드러기가 사라졌 다."

고통을 해결하려는 주술적 실천은 보편적 문화현상이 다. 이는 유신론적 종교에서도 마찬가지다. 천주교 교인 들은 십자가나 성모상에 신비한 힘이 있다고 믿고, 개신 교 교도들 가운데도 주기도문이나 성경책이 귀신을 쫓 는 힘이 있다고 믿는 사람이 많다. 이는 외적인 힘으로 고통을 제거하고자 하는 주술적 심리에 해당한다. 종교 뿐 아니라 현대의학에서도 '플라세보 효과'는 심리적 안 정감을 도모하는 거짓치료로 실제 치료효과를 낳는다. 과학의 권위가 약물이라는 매개물을 통해 주술적 힘을 발휘하는 것이다. 어머니의 주술적 실천은 바로 인간의 고통에 대한 이런 보편적이고 원초적인 해답 기능으로 작동하고 있다.

어찌 보면 어머니의 주술적 실천은 심리적 효과뿐 아니라 상당히 현실적이기도 하다. 소금은 생필품이자 생존대비 물품이다. 강력한 해독과 살균작용을 한다. 1882년 나폴레옹 군대가 러시아에서 퇴각한 이유는 장기간 소금을 섭취하지 못한 병사들과 말이 염분 부족으로 질병과 세균감염을 견디지 못하고 죽어 갔기 때문이다. 그런 항균효과가 있는 소금을 뿌리고 지푸라기로 온몸을 쓸었으니, 게다가 짚불 연기까지 쐤으니 약리작용에 어두운 필자 같은 사람도 확실히 뭔가 효과가 있을 것이라는 생각이 든다.

그러나 시인에게 가장 중요한 것은 어머니의 '사랑'이다. 어머니의 치병의례는 사랑에서 비롯된 것이고 그래서 치유의 힘이 있다. 그리고 그 사랑의 힘에 대한 딸의 굳은 믿음이 있다. 어머니만이 자식에게 베풀 수 있는 사랑은 주술적 실천을 통해 고차원적인 종교적 사랑으로 승화한다.

6.

대부분의 방순미 시는 특별한 산문적 설명의 틈입을 용납하지 않는 단순한 아름다움이 있다. 우리는 우선 시인이 제시하는 미학을 보고 느끼는 그대로 체감하는 것이 중요하다.

물푸레나무 풀어 놓은 듯
파르르한 담潭
노른자 한 알 떠 있다.

흩어질까
두 손 모아 조심조심 퍼 올린 하늘
황홀한 손끝에 닿는
선문禪門의 길

둥지에서 금방 꺼낸 달걀처럼
호르르록 달을 마시다
혼자 산속으로
스미는 밤

  ─「가야동 계곡의 달」 전문

　위의 시는 선연한 이미지로 스스로 충만한 미를 드러
내고 있기 때문에 우리도 시인과 함께 설악의 깊은 소에
떠 있는 달을 보기만 하면 된다. '푸른 소에 떠 있는 노른
자 한 알', 자연이 스스로 내뿜는 이런 아름다움에 부질
없는 췌사의 나열은 자칫 시까지 버려놓기에 십상이다.
'노른자 한 알'은 물론 시제가 설명하고 있는 '가야동 계
곡의 달'이다. 노란색과 푸른색의 대비는 선연한 이미지
를 더욱 돋보이게 하고 있다.
　화자는 노른자가 흩어질까 "두 손 모아 조심조심 퍼

올린"다. 그것은 바로 설악의 '하늘'이 아닌가. 손끝이 황홀하다. 화자는 "둥지에서 금방 꺼낸 달걀처럼" 그것을 마셔버린다. 설악의 달을 뱃속에 품었으니 화자도, 계곡도, 깊은 소도, 하늘도 모두 한몸이 된다. 주·객의 구별은 의미가 없다. 선문의 길이 어디 따로 있을 것인가. 화자는 산의 작은 일부가 되어 산속에 스밀 뿐이다.

하룻밤
산품에 묵고 싶어
무너미 고개를 넘어간다.

어스름 잦아들면서
산봉우리 아래
배낭을 베고 누웠다.

적막산중

거친 파도소리
밀려가고 밀려오고
아득한 밤을 보냈다.

날이 밝아 산봉우리 바라보니
새떼처럼 하늘을 덮고 날아가는
낙엽

밤새 부서지던 파도소리

보이지 않는다.

— 「대청봉 가을바람」 전문

시인은 산짐승처럼 산도 잘 타고 산에서 잠도 잘 자는 모양이다. 보통사람은 "하룻밤/ 산품에 묵고 싶어" 대수롭지 않게 무너미 고개를 오르는 일은 생각할 수도 없다. 어두워지자 "봉우리 아래" 그대로 "배낭을 베고" 눕는다. 역시 산사람다운 모습이다.

앞서 소개한 「가야동 계곡의 달」이나 「대청봉 가을바람」 외에도 시인의 시에는 「백암능선 소나무」 「둔전리의 봄」 「박달령 설피밭 도토리」 「법수치 산천어」 「토왕성폭포의 봄」 등과 같이 귀에 익은 설악 주변의 많은 지명이 그대로 시의 제목으로 등장하고 있다. 그리고 무시로 이곳을 드나들어 익숙하지 않은 사람은 절대 쓸 수 없는 특유의 서정이 각각의 시편들에 넘실대고 있다.

시인에게 설악을 오르는 일은 일반사람이 생각하는 것처럼 특별한 게 아니다. 자주 만나 데이트하는 연인처럼 보고 싶으면 산에 올라 하룻밤 자고 온다. 위 시에서도 산의 '품'에 안겨 하룻밤 "묵고 싶어" 산에 들어갈 뿐이다. 만나고 서로 사랑을 나누는 것이 대수롭지 않은 연인들의 관계와 진배없다. "적막 산중"이다. 이 고요한 산속에 밤새도록 "거친 파도소리"가 "밀려가고 밀려"온다. 이 역설적인 상황은 관능적 상상력을 강하게 유발한다.

화자는 "아득한 밤을 보냈다"고 말한다. 밤새 진한 사랑을 만끽한 연인의 발화가 아닐 수 없다.

날이 밝아 자신을 품었던 "산봉우리 바라보니" 낙엽이 "새떼처럼 하늘을 덮고 날아"가고 있다. 산을 알고 경험한 자만이 볼 수 있는 선연한 그림이다. 대청봉의 아름다운 가을 아침이 수채화처럼 아름답다. 아득한 밤을 보내게 했던 거친 파도소리는 이제 '들리지' 않는다. 그러나 화자는 '보이지' 않는다고 말한다. 그러면 지난밤의 사랑은 하늘을 덮고 날아간 '가시적 실체'였단 말인가. 또 한 번의 관능이 여운을 남기며 시는 마감된다.

7.

방순미가 산짐승처럼 익숙하게 산을 타며 건진 시편들에는 그래서 그런지 활기찬 맥동이 뛴다. 따라서 무미건조한 비평언어가 시를 해석하고 분석하려 한다면 자칫 이런 맥동을 끊는 무미건조한 지적 작업에 불과할지 모른다는 걱정을 언급한 바 있다. 그럼에도 꼭 지나칠 수 없는 시가 있다.

어스름 가사자락 날리며
달음질치는 스님
날려는 새 시늉을 하고

범종 앞에 선다.

－「산사 종소리」 부분

가사자락을 '날리며' '달음질치는' 스님의 역동적인 동
작을 따라가던 동영상의 카메라가 갑자기 붙박이로 고
정된다. 범종 앞에 "날려는 새 시늉을 하고" 우뚝 선 스
님의 정지된 모습이 순간 포착된다. 곧 당목이 힘껏 밀
어 당겨질 것이고 허공을 흔들며 소리는 퍼져나갈 것이
다. 떠돌던 구름무리들이 "태극처럼" 춤추며 돌아갈 것
이다. 그러나 우리는 새가 막 날아가려고 하는 포즈를
취한 범종 치기 직전의 스님의 급박한 모습을 보게 된
다. 시간은 멈추고 '찰라'가 잡힌다.

범종은 소리의 진동이 잘 일어나는 소재로 주조되어있
고 그 진동이 맑게 공명할 수 있도록 안이 텅 비어있다.
그러나 당목에 의한 충격 없이는 소리가 발생하지 않는
다. '종의 구조'라는 내적 원인은 '충격'이라는 외적 원인
을 통해 '소리'라는 결과를 실현한다. 그 사이에 한 장 사
진처럼—수백 분의 일 초짜리 카메라 셔터가 낚아채 고
정한—스님이 있다. 위 대목은 시가 줄 수 있는 최대한
의 심미적 효과와 함께 사유의 뒤통수를 때린다.

계곡에 가만히 앉아있는 낚시꾼의 "잠자리 미끼"는
"살아있는 듯 나풀댄다." 미끼가 된 줄도 모르고 나풀대
는 잠자리의 모습이 계곡의 고요함과 한유함을 배가한
다. 순간, "비단 먹빛 광채"의 산천어가 "번개같이 뛰어

올라" 잠자리를 잡아챈다. 그리고 "낚시꾼에 걸려든 산천어/ 죽을 힘 다해 허공을 친다."(「법수치 산천어」) 단박에 고요는 깨지고 생과 사의 격동이 팽팽한 긴장으로 가득 찬다. 눈부신 생명력이 꿈틀댄다. 낚시꾼도 산천어도 필요불가결의 원인이지만 '나풀대는 잠자리' 미끼는 낚시를 완성하는 또 다른 결정적 외적 원인이다. 이처럼 시인은 순간의 시간을 끊어내어 싱싱한 감각과 함께 '인과'의 큰 사유를 유발하고 있다.

물론 모든 인과가 결정적인 것이 아니다. '날려는 새시늉'의 자세가 풀어지면 당연히 당목이 종을 때릴 것이고 소리는 허공에 퍼져나갈 것이다. 이는 필연이다. 그러나 산천어는 잠자리를 잡아챌 수도 있고 그렇지 않을 수도 있다. 이는 우연이다. 필연과 우연은 구분되지만 인간의 '인연'처럼 둘은 뗄 수 없는 연관을 가진다. 사람의 죽음은 필연이지만 누구는 늙어 죽고, 누구는 병들어 죽고, 누구는 교통사고로 죽고, 누구는 굶어 죽기도 한다. 죽음의 필연은 '언제 어떻게 왜' 죽느냐는 우연을 통해서만 실현된다. 필연과 우연은 사람의 의식 밖에 존재하는 객관적 연관으로 반드시 일어날 일은 반드시 일어나고 우연히 일어날 일은 우연히 일어날 뿐이다.

해마다 어머니는 "김장 맛을 살리려고" 고향의 "고지내 개울"에서 주은 몽돌로 누른 김치를 보내온다. 버리지 않고 모여 둔 돌들이 "서낭당 돌무덤처럼 쌓여간다." "갓김치 좋아하는 딸에게" 그 김칫돌을 "눌러 보낸다."

이제 설악의 조그만 돌탑은 "딸이 머문 곳에서 다시/ 탑이 되어간다."(「김칫돌」) 이 아름다운 이야기는 눈물겨운 '사랑의 의지'가 만들어 내는 '필연'의 인과다. 킬리만자로에서 시인은 스승이 준 곶감을 "알뜰히 발라먹고" "반달처럼 생긴/ 씨 세 알"을 그곳에 묻는다. "먼 훗날, 그곳에 고욤이 "다닥다닥 붉게 열리면" "마사이족은 표범 눈알인 줄 알고" 얼씬도 안 할 것이다."(「고욤나무」) 곶감 씨가 그곳에서 자란다면 '우연'이다. 그러나 우리는 시인이 바라는 이 유쾌한 우연을 함께 기대하게 된다.

　우연과 필연이 종횡으로 얽혀 흐르는 인과의 물줄기는 시편 여기저기서 그 물소리를 들려준다. 무정물까지 이에 가세한다. 등단시가 수록된 책을 들고 아버지 묘소에 찾아갔을 때 "바람이 시를 읽는"지 "책갈피가 파드득" 넘어간다. 돌아올 때는 "어깨에 메뚜기 한 마리가 내려"앉아 꼼짝도 않다가 "숲을 다 빠져나올 때"야 "산속으로 포르르 날아"간다.(「바람이 시를 읽다」) 책장을 넘기며 시를 읽는 바람도, 숲길을 배웅하던 메뚜기도 유년시절의 아픔이었지만 이제는 인과의 끈으로 이어져 그리움의 대상이 되는 눈물겨운 아버지의 손길과 눈길이 아닌가.

8.

　산사람답게 시인의 표현은 거침이 없다. 오봉산의 거

친 산불은 "처녀막이 터져 피가 낭자했던 붉은 밤"으로
비유된다. 그런데 이 "불은 무성한 청춘 참수하듯 산을
자른다."(「산불」) '자른다'는 의외의 동사가 주목된다. 불
은 자르는 것이 아니라 태우는 것이기 때문에 일반적으
로 '태운다'라는 동사가 습관적 · 자동적으로 동원되게
마련이다. 그러나 시인의 안타까운 마음은 산불이 '참수
하듯' 산을 토막 내 '자르고 있는 것'으로 보인다. 따라서
'자른다'라는 의외의, 그러나 참신한 동사가 서슴없이 견
인되고 있는 것이다.

시인은 자신을 스스로 표현하는데도 '척'하거나 '체'하
는 법이 없다. 시인도 어쩌다 "홀로 마신 술에 밤이 깊"
어 "찬송하다 염불하다 욕하다 춤추다/ 웃다가 울다가"
할 때도 있다.(「술은 나를 끌고」) 이런 모습이야말로 인간
본연의 자연스러운 모습이다. 더구나 시인이 '품행이 방
정하야 타에 모범'만을 보이려 한다면 차라리 시 쓰기를
포기하고 향교에 들어가 사서삼경이나 읽을 일이다.

자신의 '몸'에 대해서도 사리지 않고 직설법을 사용한
다. 시인은 "아기보가 마르면서" 발끝에서 불씨 하나 일
면 "온 몸뚱이가 불덩이"로 후끈 달아오르는 병이 생겼
다고 말한다. 그래서 "다시는 우주를 건설할 수 없는 몸"
이 되었다고 한탄하기도 한다.(「지천명」) 그러나 이는 걱
정할 일이 아닌 것이 후끈 다는 몸은 절대로 나쁜 현상
이 아닌 까닭이다. 황홀해서 슬프고, 고와서 서러운 노
을과 같은 현상일 뿐이다.

시인은 술에 취해 춤추고 노래하고 몸이 후끈 달 때도 있지만, 세계와의 관계 설정에 있어 분명한 자기 좌표를 잊지 않는 생활인이기도 하다. "명태코다리 가득 실은 화물차 타고/ 대관령을 넘어"가는 사람이며, 피곤함에 지치면 "운전석 뒤에 있"는 "덜렁거리는 작은 다락방"에서 잠시 졸기도 하는 사람이다.(「노을」) 삶의 현장에서 땀 흘리며 생과 직접 부딪치는 사람인 것이다. 명태는 동해가 준 선물이다. 그것을 잡아 올린 어부들의 땀이 있고 그것을 피들피들하게 말린 또 다른 땀방울이 있다. 대관령을 넘는 땀방울도 있는가 하면 그것을 담는 냄비를 만든 수고가 있고 그 냄비를 데우는 연료를 만든 수고가 있고 또한 연료를 배달한 수고가 있다. 그 결과 코다리는 비로소 우리 입에 들어간다. 그 여러 좌표 중 있어야 할 정확한 위치에 방순미는 존재하고 있다.

시인이 설악의 나비 한 마리를 잘못해 밟아버린다면 이 땅이, 아니 전 지구가 잘못된다. 그 나비는 수많은 꽃가루를 옮겨 씨나 열매를 맺게 하고, 많은 초식동물이 그걸 먹고, 많은 육식동물이 또 그 초식동물을 잡아먹고 살 터이다. 세계의 모든 사물은 관계가 없는 것은 하나도 없다. 방순미는 이를 꿰뚫어 보고 있다. 어쩌다 술에 취하기도 하지만 세계와의 관계 설정에 있어서 오차 없는 한 점의 위치에서 방순미는 오늘을 살고 있는 것이다.

방순미의 솔직한 어법과 군더더기 없는 언어조형 방식

은 오히려 일상의 경험에서 예견되는 진부함을 새롭고 깊은 것으로 사고하도록 촉구하고 있다. 내가 방순미의 시를 읽고 내 앞에 파도쳐오는 의미내용을 파악하기 시작했을 때, 나는 자신을 열고 자신의 내부 심연을 들여다보게 하는 한 진솔한 의식을 지각했다. 나는 그가 사고한 것을 사고하고, 느낀 것을 함께 느끼며 긴 시간을 보냈다. 건조한 비평언어가 시인의 힘찬 생명력을, 또한 특별한 서정을 훼손할지도 모른다고 생각하고 이 글을 썼다. 시인은 성냥골을 그어 "채송화 잎 끝에 맺은 밤이슬"을 "천 개의 별"로 눈뜨게 하는 사람이다.(「이슬에 피는 별」) 최명길 선생의 간곡한 바람을 '순정한 외골수'의 시로 너끈히 감당할 것으로 믿는다.